D0896619

Un agradecimiento especial a Cherith Baldry
A Adam Dawkins

DESTINO INFANTIL Y JUVENIL, 2011
infoinfantilyjuvenil@planeta.es
www.planetadelibrosinfantilyjuvenil.com
www.planetadelibros.com
Editado por Editorial Planeta, S. A.

Título original: *Narga, The Sea Monster*
© de la traducción: Macarena Salas, 2011

© del texto: Working Partners Limited 2008
© de la ilustración de cubierta e ilustraciones interiores:
    Steve Sims - Orchard Books 2008
© Editorial Planeta, S. A., 2011
Avda. Diagonal, 662-664, 08034 Barcelona
Primera edición: junio de 2011
Segunda impresión: junio de 2012
ISBN: 978-84-08-10221-2
Depósito legal: B.18.063-2011
Impreso por Liberdúplex, S. L.
Impreso en España – Printed in Spain

Narga
El monstruo marino

ADAM BLADE

*B*ienvenido. *Te encuentras al borde de la oscuridad, a las puertas de una tierra horrible. Este lugar se llama Gorgonia, el Reino Oscuro, donde el cielo es rojo, el agua negra y reina Malvel. Tom y Elena, tu héroe y su acompañante, deben viajar hasta allí para completar su siguiente Búsqueda de Fieras.*

Gorgonia es el hogar de seis de las Fieras más despiadadas que te puedas imaginar: el Minotauro, el Caballo alado, el Monstruo marino, el Perro gorgona, el Gran mamut y el Hombre escorpión. Nada puede preparar a Tom y a Elena para lo que están a punto de enfrentar. Sus victorias anteriores no significan nada. Ahora, lo único que podrá salvarlos es un corazón fuerte y su determinación.

¿Te atreves a acompañar a Tom una vez más? Te recomiendo que no lo hagas. Los héroes pueden ser muy testarudos y les tientan las nuevas aventuras, pero si decides quedarte con él, debes ser valiente y no tener miedo. De lo contrario, estás perdido.

Ten cuidado por dónde pisas...

Kerlo, el Guardián

PRÓLOGO

Odora divisaba el Océano Negro de Gorgonia desde la popa de su embarcación. La única luz que había era la de la luna morada, medio escondida tras las nubes. Odora y su hermano, Dako, intentaban mantenerse cerca de la costa, pero les resultaba muy difícil ver tierra con una noche tan oscura y una niebla tan densa. No había rastro de los guardianes de Malvel, pero Odora sabía que los hombres del brujo malvado podían estar al acecho en el mar y la costa.

Echó un vistazo al enorme cofre lleno de armas que tenía junto a los pies. Una oleada de satisfacción la recorrió al pensar que aquellas armas ayudarían a los rebeldes de Gorgonia a luchar contra Malvel. Si el brujo malvado los pillaba transportando armas de contrabando, no tendría ninguna piedad con ellos.

De pronto, el barco dio una sacudida. Odora se tambaleó hacia delante y consiguió no caerse agarrándose a la barandilla. Con el corazón a mil por hora, corrió hacia la proa, donde vio a Dako agachado.

—¿Qué pasa? —susurró.

—No he visto nada —contestó su hermano en voz baja—, pero no estamos solos. Ahí hay algo.

Odora apretó los puños para que no le temblaran de miedo.

—No nos pueden atrapar. Si los guardianes de Malvel descubren las armas, ¡nos matarán!

Dako le lanzó una mirada de advertencia.

—Baja la voz. Los rebeldes necesitan esas armas. Es nuestra única oportunidad de vencer a Malvel. —Se asomó cautelosamente por la barandilla.

—¿Ves algo? —preguntó Odora, agachada.

Antes de que Dako pudiera contestar, una ola inundó la cubierta, empapándolos. Entonces, por detrás de la ola asomó un cuello negro, largo y muy fino sobre el que descansaba la cabeza de una horrible serpiente. Los dos hermanos se quedaron aterrorizados.

La Fiera se acercó lentamente a ellos con las mandíbulas abiertas. Odora se apartó de un salto y vio sus colmillos podridos y su lengua bífida que se movía sin parar.

Las fauces asesinas cogieron a su hermano por la cabeza y lo levantaron del barco. Dako daba patadas y puñetazos al cuello escamoso de la Fiera, pero no conseguía liberarse.

—¡Dako! ¡Dako! —gritó Odora, y saltó para intentar agarrarse a sus piernas, pero ya estaba fuera de su alcance. Vio el cuerpo de su hermano sin vida mientras la Fiera desaparecía rápidamente entre la niebla.

Odora oyó que en la popa otra ola cubría la cubierta y al darse la vuelta vio otra cabeza unida a un cuello largo que salía del agua. «¡Dos Fieras!», pensó desesperada.

La segunda Fiera se acercaba a ella abriendo y cerrando las mandíbulas. Odora se apartó, deslizándose por la empapada cubierta hasta llegar al cofre de las armas. Lo abrió, sacó una espada y la blandió hacia el Monstruo marino con todas sus fuerzas. La Fiera echó la cabeza hacia atrás para evitar el filo brillante.

Pero de pronto, a aquélla se sumaron otras cinco cabezas que aparecieron entre la niebla. Rodearon el barco, se irguieron y empezaron a lanzar mordiscos a Odora con sus colmillos largos y afilados. La chica volvió a blandir la espada, pero las seis cabezas eran demasiado rápidas para ella. Se movían adelante y atrás, esquivando sus mandobles. Odora notaba que los brazos se le iban debilitando y que la espada cada vez le pesaba más.

Al intentar esquivar una de las cabezas, perdió el equilibrio en la cubierta mojada. Intentó incorporarse, pero de pronto, el barco se levantó del agua y se inclinó. Espadas, lanzas y arcos se desparramaron por la madera mojada y cayeron al agua.

Las seis cabezas retrocedieron a la vez y Odora gritó de terror al ver que todas salían de un único cuerpo inmenso y lleno de bultos. No eran seis Fieras, sino una sola, enorme, con seis cabezas.

—¡No! —gritó, mientras los cuellos del monstruo rodeaban el barco, sacudiéndolo como si fuera una piedrecita.

Odora salió disparada por el aire. «Voy a morir —pensó en el último segundo, antes de caer a las negras y turbulentas aguas—. Y nuestra misión habrá fracasado. Sin las armas, los rebeldes nunca podrán vencer a Malvel. El Brujo Oscuro ha ganado.»

CAPÍTULO 1

EL ENGAÑO
DE MALVEL

Tom cogió carrerilla, dio un salto y salió volando por el aire. Aunque no llevaba la armadura dorada, no había perdido sus poderes mágicos.

Sin embargo, al caer al suelo sintió un gran dolor. Miró hacia abajo y vio que una piedra afilada que salía del camino le había rasgado el pantalón y le había hecho un corte en la pantorrilla.

Habría jurado que hacía un minuto allí no había piedras. Pero en el reino de Malvel las cosas nunca eran lo que parecían.

—¿Qué ocurre? —preguntó Elena, que iba montada en *Tormenta*. *Plata*, su lobo, trotaba a su lado.

—Me he cortado con una piedra —explicó Tom—. Será mejor que me cure la herida antes de seguir avanzando.

Se quitó el escudo que llevaba en el hombro. En él había incrustados los seis amuletos que le habían dado las seis Fieras buenas de Avantia. Sacó el espolón de *Epos*, el Pájaro en llamas, y éste se calentó al pasárselo por la herida. Ésta inmediatamente dejó de sangrar y el corte se cerró sin dejar cicatriz alguna.

—Impresionante —sonrió Elena.

Cuando Tom devolvió el espolón a su sitio, notó que el escudo se movía. El diente de *Sepron*, la Serpiente marina, estaba vibrando otra vez. La buena Fiera había sido capturada por una de las Fieras salvajes de Malvel, y Tom no podía evitar preguntarse cómo sería ese nuevo enemigo al que se tendría que enfrentar.

—Tenemos que seguir —dijo, apretando los puños—. *Sepron* sigue teniendo problemas y mientras corra sangre por mis venas ¡no pienso dejarla morir!

Malvel había arrastrado a las Fieras buenas hasta llegar a Gorgonia, dejando Avantia totalmente desprotegida sin sus guardianes. Tom sabía que el Brujo Oscuro pensaba enviar allí a sus diabólicas Fieras para conquistar el pacífico reino.

—Volvamos a mirar el mapa para asegurarnos de que vamos en la dirección correcta —sugirió Elena.

Tom lo sacó de la alforja de *Tormenta* y el mapa tembló al desenrollarlo. Malvel se lo había dado a Tom y a Elena el día que llegaron a Gorgonia. Estaba hecho con la piel de un animal muerto y despedía un olor asqueroso.

Elena miró por encima del hombro de su amigo Tom, mientras éste seguía con el dedo una línea verde brillante que apareció en el mapa. Mostraba una ruta que pasaba entre los campos y llegaba al Océano Negro, donde se veía un pequeño dibujo de *Sepron*.

—Por lo menos el camino parece bastante fácil —comentó Elena—. Es todo campo hasta llegar al mar.

—A lo mejor este sitio no está tan mal —dijo Tom, intentando no pensar en la

20

nueva Fiera a la que tendría que enfrentarse—. ¡Vamos! —Volvió a guardar el mapa en la alforja y continuó caminando con decisión.

Elena hizo que *Tormenta* se moviera y *Plata* correteó a su lado.

A medida que avanzaban, Tom se dio cuenta de que el camino no cruzaba unos campos, sino que se elevaba entre unas colinas escarpadas que cada vez eran más empinadas y rocosas. *Tormenta* caminaba cauteloso, soltando pequeños relinchos de protesta cuando las piedras afiladas se le clavaban en los cascos. *Plata* aullaba quedamente al intentar buscar un lugar liso donde poner las patas.

—No lo entiendo —dijo Tom mirando a su alrededor—. ¿Nos hemos equivocado de camino?

—Éste es el único que había —contestó Elena—. En ningún momento se ha dividido en dos.

Tom volvió a sacar el mapa, negando con la cabeza confundido.

—Mira —dijo—. Esto debería ser terreno llano. El mapa muestra unos campos verdes.

Su amiga lo miró perpleja.

—¿Por qué se ven campos si no hay ninguno?

—Piénsalo un segundo —dijo él, sintiendo que se llenaba de furia al darse cuenta de lo que estaba pasando—. ¿Quién nos dio este mapa?

—Malvel —contestó Elena en tono rabioso.

—Exactamente —asintió Tom—. Fuimos muy tontos al pensar que nos podíamos fiar de él.

Elena hizo que *Tormenta* se detuviera.

—Deberíamos parar. El mapa puede hacernos avanzar en círculos.

—Hay algo de lo que sí me puedo fiar —dijo Tom. Metió la mano en el bolsillo y sacó la brújula que le había dejado su padre, Taladón. La sostuvo delante de él y miró la dirección que señalaba.

Elena se asomó por encima de la cabeza de *Tormenta* y *Plata* se acercó corriendo a los pies de Tom, excitado.

La aguja de la brújula se movía sin parar, entre las palabras «Destino» y «Peligro».

—¿Eso quiere decir que nos tendremos que enfrentar a los dos si seguimos por aquí?

—Sí. —Tom volvió a guardar la brújula y se enderezó, irguiendo los hombros con decisión—. Seguiremos por aquí. Tenemos que salvar a *Sepron* e ignorar las artimañas de Malvel.

CAPÍTULO 2

¡ARENAS MOVEDIZAS!

El camino pedregoso se hacía cada vez más empinado y se metía entre dos acantilados. Tom llevó a *Tormenta* por el estrecho paso y se encontró mirando una ancha llanura. Con la aguda visión que le proporcionaba el casco dorado mágico, vio una línea negra brillante a lo lejos, en el horizonte.

—¡Puedo ver el Océano Negro! —exclamó, sintiendo una renovada determinación al vislumbrar el término de su viaje—. Al final hemos venido por el camino correcto.

Elena sonrió aliviada.

—Entonces, démonos prisa. Tenemos que llegar donde está *Sepron* cuanto antes mejor.

El camino descendía por una cuesta rocosa hacia la llanura. Cuando llegaron abajo, Elena puso a *Tormenta* al trote y después a medio galope. Tom corría delante a gran velocidad, con los poderes que le daban las perneras mágicas de la armadura. Estaba convencido de que pronto encontrarían a *Sepron* y la salvarían de la Fiera despiadada de Malvel.

Poco a poco empezaron a aparecer matas de hierba en la capa fina de tierra que cubría la llanura, y de vez en cuando, pasaban por bosquecillos de

árboles retorcidos, con gruesas ramas
de las que colgaban hojas negras. Tom
se mantenía alejado de ellos, pues aún
recordaba los árboles malvados que los
habían intentado capturar cuando iban
en busca de *Tagus*, el Hombre caballo.

La tierra del camino era cada vez más
blanda y Tom pronto divisó juncos y
charcos de agua que reflejaban el cielo
escarlata. Siguió corriendo, pero de

pronto gritó alarmado cuando los pies se le hundieron en el suelo.

Sintió el miedo como un puñetazo en el estómago.

—¡Para! —le chilló a Elena, que iba detrás de él, a lomos de *Tormenta*—. ¡Son arenas movedizas!

Ella tiró de las riendas, pero la advertencia le llegó demasiado tarde. *Tormenta* iba tan rápido que, antes de poder reaccionar, se metió en el fango. El caballo echó la cabeza hacia atrás y empezó a relinchar aterrorizado al notar que se hundía. *Plata* consiguió detenerse justo en el borde de la ciénaga y aulló inquieto.

Tom utilizó el poder que le daban las perneras doradas y, de un salto, sacó los pies de las arenas movedizas. Mientras estaba en el aire, cogió a Elena por los hombros y la levantó de la silla. Aterrizaron con fuerza en tierra firme.

Sin aliento después de la caída, Tom se sentó y esperó que *Tormenta* consiguiera liberarse, ahora que no tenía que aguantar el peso de un jinete. Sin embargo, el valiente caballo seguía atrapado y se hundía rápidamente.

—¡Lo siento mucho, Tom! —dijo Elena—. No he podido pararlo a tiempo.

—Lo sacaremos —le aseguró él—. Quédate aquí con *Plata* y mantenlo a salvo.

Él salió disparado y corrió hacia el borde de la ciénaga. *Tormenta* se había hundido hasta las rodillas y relinchaba despavorido mientras intentaba salir.

—¡No te muevas, muchacho! —le gritó—. ¡Quédate quiero! Voy a sacarte de ahí.

Pensó rápidamente y miró a su alrededor. Tenía que encontrar una manera de liberar al caballo sin meterse él otra vez en las arenas. De pronto, vio una figura que le resultaba familiar cerca del bosquecillo. Lo reconoció inmediatamente. Era Kerlo, el guardián de la entrada.

—¡Kerlo! —lo llamó—. ¡Ayúdanos! *Tormenta*…

Se calló al ver que el guardián levantaba una mano hacia las ramas de un árbol justo antes de desaparecer en el aire.

—¡Kerlo! —volvió a gritar Tom, frustrado. ¿Es que no veía que *Tormenta* se moriría si no lo ayudaban?

—¡Es un inútil! —dijo enfadado.

—¡Ya lo tengo! —exclamó Elena corriendo hacia Tom—. Coge la espada y corta unas ramas de los árboles. Las pondremos por delante de *Tormenta* para que pise encima.

—¡Sí! —dijo él—. Ya veo. ¡Gracias, Elena! —Sacó la espada y se dirigió hacia el bosquecillo. Rápidamente cortó unas ramas.

Cuando volvió con ellas, su amiga había sacado su arco y estaba atando una cuerda larga a una de las flechas.

—¿Para qué es eso? —preguntó Tom.

—Observa.

Colocó la flecha en el arco y disparó hacia el tronco de un árbol que había al otro lado de la ciénaga. A continuación cogió el extremo de la cuerda y lo ató al tronco de otro árbol que tenía cerca, tendiendo así un puente de cuerda sobre las arenas movedizas. Repitió el proceso con una segunda cuerda, pero esta vez disparó más alto, por encima de la otra.

—Ya está —dijo, tirando de ambas cuerdas para comprobar que estaban bien sujetas—. Ahora puedes caminar por la de abajo para colocar las ramas delante de *Tormenta*. Si pasa rápido sobre ellas, debería poder salir. Y si tú necesitas apoyarte, puedes usar la cuerda de arriba.

—¡Qué idea más brillante! —dijo Tom con una sonrisa—. Qué suerte tengo de que en mi Búsqueda me acompañe una amiga tan lista.

—Date prisa —lo apremió ella, con las mejillas sonrojadas.

Tom se subió a la cuerda de abajo y Elena le pasó las ramas. Al dar el primer paso casi perdió el equilibrio. No podía agarrarse a la cuerda de arriba sin soltar las ramas. El corazón le palpitaba con fuerza mientras seguía tambaleándose.

—Vamos, date prisa, tienes que conseguirlo —murmuró para sus adentros. Y siguió avanzando lentamente por la cuerda sin apartar la vista de *Tormenta*. El valiente caballo forcejeaba desesperado y Tom veía que se hundía cada vez más.

Se les acababa el tiempo.

CAPÍTULO 3

EL ÚLTIMO PASO

Tom utilizaba las ramas que llevaba en los brazos para mantener el equilibrio mientras se desplazaba lentamente sobre la cuerda. Se concentró en poner primero un pie y después el otro y pronto empezó a avanzar más rápido.

Por fin llegó hasta donde estaba *Tormenta*. Éste levantó el cuello como si le estuviera pidiendo ayuda.

—Todo va a salir bien —le dijo él, poniendo las dos primeras ramas delante de su amigo—. Súbete a éllas y pronto estarás fuera.

El sonido de su voz parecía calmar a *Tormenta*, pero no se movió hacia las ramas.

Tom se acercó lo máximo que pudo sin perder el equilibrio.

—Vamos, muchacho. —Se esforzó por que su voz sonara tranquila, a pesar de que cada vez tenía más miedo. Pronto el caballo estaría hundido hasta el lomo en la arena oscura, y si eso sucedía, nunca conseguiría salir—. Vamos. Las ramas te aguantarán.

Tormenta se limitó a relinchar asustado.

—No hay manera —murmuró Tom—. Tendré que subirme yo y enseñarle lo que tiene que hacer.

Con mucho cuidado, se bajó de la cuerda hasta poner los pies sobre la rama que estaba más cerca de *Tormenta*. La superficie de las arenas movedizas tembló, pero la rama aguantó su peso. Entonces dio un paso hacia la siguiente rama.

El caballo levantó la cabeza a la vez que resoplaba por los ollares. Con un esfuerzo inmenso, sacó las patas delanteras del barro y pisó sobre la primera rama.

—¡Eso es! —gritó Tom triunfante—. ¡Vamos, chico! ¡Tú puedes!

Puso dos ramas más sobre las arenas movedizas y se volvió a subir a la cuerda. *Tormenta* había conseguido sacar las patas traseras y estaba de pie sobre las ramas. Casi de inmediato, éstas empezaron a hundirse, pero el animal dio un paso hacia las siguientes.

—¡Funciona! —le dijo a Elena sin apartar la vista de *Tormenta*. Su amiga no contestó, pero Tom oyó un fuerte

ladrido de *Plata* y se imaginó al lobo gris corriendo de un lado a otro por el borde del barro, emocionado.

Cuando Tom puso la última rama, se dio cuenta de que había calculado mal y, probablemente, el caballo no podría llegar hasta el final.

«Necesito muchas más ramas —pensó—. Pero si voy a cortarlas, *Tormenta* se hundirá.»

Sacó la espada y cortó la cuerda. Cogió un extremo de la misma y se lanzó hacia la orilla. Después, tiró su escudo justo a tiempo para que *Tormenta* diera el último paso.

Tom soltó la cuerda y aterrizó en tierra firme, mientras el caballo conseguía llegar a la orilla, donde empezó a jadear con la cabeza gacha.

—¡Bien hecho, muchacho! —Tom le dio un fuerte abrazo sin importarle que estuviera completamente cubierto de barro—. No me vuelvas a asustar así.

Entonces miró alrededor para celebrarlo con Elena, pero ni ésta ni *Plata* estaban por ningún lado.

—Elena —llamó, acercándose de nuevo a las arenas movedizas para recuperar el escudo antes de que se hundiera. Lo limpió con un poco de hierba mientras seguía buscándolos.

De pronto, vio el arco de Elena en el suelo, junto con la funda y las flechas, y un terrible miedo se apoderó de él.

«Ella nunca habría dejado sus cosas aquí tiradas», pensó.

—Suelta las armas —dijo una voz brusca desde un matorral que había cerca—. O tu amiga lo pagará.

CAPÍTULO 4

SE LOS BUSCA VIVOS

Tom empujó a *Tormenta* a un lado y agarró la empuñadura de su espada, listo para el combate. Más tarde, el arbusto se abrió y apareció un grupo de hombres. Llevaban ropas harapientas, y en las manos, palos, cuchillos y espadas.

La rabia se apoderó de Tom al ver que el que parecía el jefe sujetaba a Elena por el pelo mientras en la otra mano sostenía un cuchillo largo. Uno de los hombres tenía a *Plata* atado con una cuerda. El lobo ladraba e intentaba morder a su captor, pero el hombre lo mantenía alejado con la ayuda de un palo.

—Te he dicho que sueltes las armas —repitió el jefe.

Elena se retorcía y daba patadas.

—¡Suéltame! —gritó—. ¡Y deja a *Plata* en paz!

El jefe le tiró cruelmente del pelo y le puso el cuchillo en la garganta.

—No te muevas —amenazó.

Despacio, Tom soltó la espada y dejó el escudo en el suelo.

—¿Quiénes sois y qué queréis de nosotros? —preguntó.

El jefe empujó a Elena uno o dos pasos por delante.

—Me llamo Jent. Soy un cazarrecompensas muy famoso —presumió—. Y éstos son mis hombres.

—¿Famoso? Nunca he oído hablar de ti —contestó Tom.

—Tú no eres de Gorgonia —se burló el otro—. Tú y tus amigos sois intrusos, y ya estoy deseando recibir las mil monedas de oro que Malvel ha ofrecido a quien os atrape.

Tom se enderezó.

—¿Qué quieres decir?

Sin soltar el cuchillo, Jent sacó un

43

pergamino perfectamente doblado del bolsillo y lo tiró a los pies de Tom.

Éste cogió el pergamino y lo abrió. En la parte de arriba, en letras grandes ponía «Se los busca vivos». Había un dibujo de él y de Elena y debajo ponía: «Estos villanos son culpables de intrusión, robo y traición».

A Tom lo ahogaba la rabia. Malvel se había inventado todas aquellas mentiras para impedir que completara su Búsqueda. Por lo visto, el brujo malvado había puesto aquellos carteles por todo Gorgonia. Estaba claro que quería predisponer a todos los habitantes en contra de él y también de Elena. No estarían a salvo en ningún lugar.

—No puedes confiar en Malvel —le dijo a Jent.

El cazarrecompensas sonrió, revelando unos dientes negros.

—Sé perfectamente quién es el brujo y a qué se dedica. Pero ¿a mí qué me importa? Mi único jefe es el dinero y Malvel tiene mucho.

—Eres estúpido si piensas que te va a pagar —intervino Elena valientemente—. Te va a engañar, ¿es que no te das cuenta?

Jent la ignoró y se dirigió a sus hombres.

—Tenemos que ir al pueblo y mandarle un mensaje a Malvel diciendo que ya hemos capturado a los dos villanos. —Luego señaló a Tom con la cabeza—. Coge al chico; puedes hacerle daño, pero no lo mates.

De pronto, *Plata* gruñó, se soltó de la cuerda que lo mantenía cautivo y se lanzó hacia el cazarrecompensas, pero el hombre fue más rápido y le pegó una patada en la cabeza. El lobo cayó al suelo, inmóvil. El ligero movimiento en sus costillas indicaba que seguía respirando, pero estaba inconsciente.

—¡*Plata*! —gritó Elena.

Furioso, Tom cogió la espada y corrió hacia Jent, pero los hombres de éste se interpusieron en su camino con las armas levantadas, formando una barrera.

Mientras Tom intentaba alcanzarlo, el cazarrecompensas se volvió a meter en los arbustos, arrastrando a Elena con él. La chica se retorcía y daba pa-

tadas a su raptor, pero el hombre era demasiado fuerte para ella.

Un momento después, se oyó el sonido de unos cascos y apareció un caballo entre los árboles. Jent montó en él junto con Elena.

—¡Tom, ayuda! —gritó ella—. ¡Ayúdame!

Cuando el caballo se alejó al galope, Tom sabía que su misión de salvar a *Sepron* tendría que esperar. Antes debía salvar a su amiga.

CAPÍTULO 5

EN CAMINO

Los bandidos de Gorgonia rodearon a Tom, manteniéndose alejados del alcance de su espada.

—No te lo pongas difícil —dijo uno de ellos—. Suelta el arma.

—¡Oblígame a hacerlo! —respondió desafiante. A poca distancia detrás de él, *Tormenta* relinchó como si lo estuviera animando. Tom estudió a sus enemigos. Debían de ser unos quince, todos muy fuertes y con armas peligrosas. Por la expresión petulante de sus caras estaba claro que pensaban que no podría con ellos.

«Les demostraré lo equivocados que están», pensó Tom.

Cuando el primer bandido avanzó hacia él con un inmenso palo en alto, Tom se metió por debajo de su brazo y le dio un gran golpe en la espalda con la empuñadura de la espada. El hombre salió rodando por el suelo. Entonces, Tom se dio la vuelta para enfrentarse al siguiente. Sus espadas chocaron. Los guanteletes mágicos le daban a Tom una gran velocidad y destreza con su arma. Su espada brilló y, con un giro de muñeca, mandó por los aires el arma de su contrincante, dejando a éste boquiabierto mirando su mano vacía. Otros dos enemigos se

abalanzaron hacia él, pero Tom se agachó entre ambos, haciendo que choca-
ran entre sí.

Los bandidos seguían atacando. Uno
de ellos lo cogió por detrás, pero Tom
le clavó el codo en el pecho, con lo que
el hombre se cayó hacia atrás, pero
arrastrándolo consigo. Los otros lanzaron gritos de triunfo, se echaron encima de Tom y lo inmovilizaron.

Su peso lo aplastó contra el barro y Tom pensó que iba a morir asfixiado por el hedor que despedían sus cuerpos sucios. Sus manos lo agarraban por todas partes.

—¡Lo tenemos! —gritó uno de ellos.

Tom se preparó para usar la fuerza sobrehumana que le daba el peto dorado. Se puso en pie de un salto y los bandidos lanzaron gritos de sorpresa y de terror al ver que salía disparado.

Él miró a su alrededor. Los bandidos seguían en el suelo. Algunos estaban tan atónitos que no se movían, mientras que otros gruñían e intentaban levantarse.

Para el alivio de Tom, *Plata* se había recuperado y se estaba sacudiendo el pelaje. Soltó un fuerte gruñido gutural y miró fijamente a los hombres.

—No pierdas el tiempo con ellos —le dijo Tom—. Tenemos que salvar a Elena.

Y dicho esto, corrió hacia *Tormenta* y se montó de un salto. Lo hizo avanzar con un toque de talones, bordeó el bosquecillo y encontró los caballos de los bandidos atados a unas ramas. Cortó las riendas con la espada y los dejó en libertad, dándoles unas palmadas en la grupa para que salieran galopando en dirección contraria a la ciénaga.

—Me parece que van a tardar un buen rato en perseguirnos —dijo satisfecho. Entonces, hizo girar a *Tormenta* en la dirección por la que se había ido Jent. *Plata* trotaba a su lado.

Tom siguió el rastro de hierba pisada y piedras levantadas que había dejado el cazarrecompensas. El rastro se alejaba de las arenas movedizas y del Océano Negro en dirección a las montañas, más hacia el este del camino por el que Tom y Elena habían llegado.

—Cómo me gustaría conocer mejor este lugar —murmuró para sus adentros—. Jent ha dicho que iba a ir al pueblo para hacerle llegar el mensaje a Malvel, pero no tengo ni idea de lo lejos que está.

Pensó en volver a sacar el mapa, aunque sabía que no podía confiar en él. Además, sería más difícil seguir el rastro del bandido una vez que llegara a las montañas. Tenía que seguirlos sin demora. Tom apremió a *Tormenta*.

Por fin, *Tormenta*, *Plata* y él llegaron a las montañas. El camino se metía entre unas rocas negras y Tom se puso en tensión al oír los cascos de un caballo un poco más adelante.

Se agachó y le puso a *Plata* la mano en el morro para que no hiciera ruido.

Después, llevó a *Tormenta* al paso y siguió el camino rodeando una roca que sobresalía. Un poco más lejos divisó a Jent. Elena iba atravesada en la parte de atrás de la montura.

Tom volvió a apremiar a *Tormenta* para que siguiera, esperando que el cazarrecompensas no oyera el sonido de los cascos contra el suelo rocoso. Pero en ese mismo instante, Jent miró hacia atrás y los vio. El jefe de los bandidos

clavó los talones en los costados de su caballo para que acelerara la marcha. Un momento más tarde desapareció sobre el risco.

Tom le siguió. Más allá del risco había una cuesta empinada llena de rocas que daba a una estrecha garganta. Jent había descendido ya hasta la mitad y su caballo iba esquivando todas las rocas.

—¡Detente! —gritó Tom—. ¡Date la vuelta y lucha!

El hombre miró hacia atrás, pero no se paró ni aceptó el reto.

Tom dirigió a *Tormenta* cuesta abajo con mucho cuidado. Al llegar a la garganta, había conseguido acortar la distancia entre él y Jent. A medida que el terreno se nivelaba puso al cansado caballo a galope tendido.

Poco después, Tom vio que el cazarrecompensas sacaba su espada y rozaba con ella la pared rocosa de la garganta antes de salir al galope.

—¿Qué hace? —murmuró Tom—. ¿Estará afilando la espada para hacerle daño a Elena?

Un ruido retumbó por encima de su cabeza. Tom miró hacia arriba y en ese momento lo entendió. Las vibraciones de la espada del bandido habían hecho que se desprendieran unas rocas de la pared, que en ese momento bajaban en cascada hacia él y sus amigos.

Tiró de las riendas y echó a *Tormenta* a un lado justo cuando una roca inmensa caía a pocos centímetros de los cascos del caballo. El rugido de la avalancha los rodeaba, pero ellos siguieron galopando hacia delante. Tom se agachaba para esquivar las piedras y notó que algunas le pasaban rozando.

Plata saltó sobre una roca desprendida. Una lluvia de piedras y tierra hizo

tropezar al lobo, pero éste volvió a incorporarse rápidamente y siguió a toda velocidad hacia un claro que había más adelante.

Agachado sobre el cuello de *Tormenta*, Tom notaba los golpes de las piedras en la espalda y los hombros y los ojos le escocían del polvo que había en el aire.

Consiguió salir de la garganta mientras las últimas rocas de la avalancha caían detrás de él. Pero ahora no podía ver a Jent ni a Elena por ningún lado.

Hizo que *Tormenta* aminorara el paso y miró a su alrededor con cautela. Examinó el suelo, pero no encontró ningún indicio que le indicara por dónde se podían haber ido. Un poco más adelante, el camino se dividía en varios.

«¿Por cuál?», pensó desesperado.

CAPÍTULO 6

PLATA AL RESCATE

De pronto, *Plata* soltó un ladrido de emoción y salió disparado por uno de los caminos, olisqueando el suelo y mirando a Tom ansiosamente.

—¡Buen trabajo, *Plata*! —gritó él con una sensación de alivio—. Puedes oler el rastro de Elena, ¿verdad?

El lobo ladró de nuevo y corrió con decisión.

—Muy bien, muchacho, llévame —le dijo Tom—. No te preocupes, estaré justo detrás.

El camino que había elegido *Plata* se metía entre unas rocas que gradualmente daban paso a un páramo estéril. No había nada que le indicara a Tom por dónde seguir, pero el lobo tenía el hocico pegado al suelo y no dudaba ni un instante.

Llevó a Tom hasta la cima de una colina desde la que, al mirar hacia abajo, se veían unos cuantos tejados y unas chimeneas de las que salía humo.

«Eso debe de ser el pueblo», pensó Tom. Le dio una palmada al caballo en el cuello.

—Vamos, *Tormenta*.

El camino bajaba por la colina hasta el pueblo. Tom desmontó y caminó al lado de *Tormenta*, con *Plata* al otro lado. La gente que había en la calle los miraba con suspicacia, pero nadie decía nada. El olor a Avantia los había metido en problemas en otros pueblos de Gorgonia, pero ahora ya no debía de ser tan intenso como antes, pues nadie olisqueaba cuando ellos pasaban por su lado.

Observó que todo el mundo se dirigía apresuradamente en la misma dirección, y decidió meterse entre la multitud. Esperando oír algo sobre Jent y Elena, siguió a la gente del pueblo hasta la plaza.

Una gran muchedumbre se había agolpado alrededor de una plataforma de madera que había en el centro. Tom tuvo que hacer un gran esfuerzo para reprimir un grito de sorpresa y furia al ver lo que había encima de la tarima. Elena estaba metida en un cepo, con la cabeza y las manos en los agujeros. A su lado, en otro cepo igual,

había una chica con el pelo del color del fuego.

La gente se acercaba a la tarima. Algunos se reían de las prisioneras y otros incluso les tiraban piedras. Tom vio que una rebotaba en el cepo, cerca de la cabeza de Elena.

Miró a *Plata*, que tenía el pelaje de la espalda erizado de rabia. Mostraba los dientes y emitía un gruñido bajo. De pronto, Tom se dio cuenta de que podía aprovechar la furia del lobo.

Se agachó al lado del animal.

—Vamos, muchacho —le dijo—. ¡Ve a por Elena!

Sin perder un segundo, *Plata* se metió entre la multitud. La gente se apartaba al oír sus feroces gruñidos y ver sus dientes. Hombres, mujeres y niños se alejaron de la tarima, empujándose unos a otros para apartarse de su camino.

Tom corría detrás de él por la plaza que se estaba quedando vacía. Saltó a la tarima y se acercó a Elena.

Su amiga tenía cortes en la cara y diversas magulladuras de las piedras que le había tirado la gente, pero le sonrió débilmente.

—¿Tom, por qué has tardado tanto? —preguntó.

—He tenido algunos problemas con los hombres de Jent —explicó Tom a Elena—, pero nada que no pudiera resolver. —Examinó el pesado candado de hierro que mantenía cerradas las barras del cepo—. Tenemos que sacarte de aquí —dijo.

—Jent me ha dicho que los candados están cerrados con magia y que sólo Malvel puede abrirlos —explicó ella, preocupada.

Tom esbozó una sonrisa tensa.

—Pues qué pena. Porque no nos vamos a quedar aquí esperando a que llegue.

Sacó la espada y se concentró en la destreza que le daban los guanteletes dorados. Entonces, la levantó en el aire y la bajó con fuerza para golpear el candado. Éste se movió, pero sin romperse. Tom lo intentó varias veces más. Nada. De pronto, al dar el tercer golpe, el filo de la espada logró atravesar el pesado hierro y los dos trozos del candado cayeron al suelo.

—Ahora el otro —dijo Elena mientras él abría el cepo para liberarla—. Tenemos que salvar a Odora.

Tom miró a la chica pelirroja que estaba atrapada en el otro cepo. Tenía la cara llena de golpes y una expresión de agotamiento, pero sus ojos brillaban con valentía. Observó a Tom atentamente mientras golpeaba su candado. Finalmente, consiguió romperlo y lo tiró a un lado.

—Gracias —dijo Odora.

Plata estaba en el borde de la tarima, con la cabeza hacia atrás, aullando sin parar. Tom se dio cuenta de que sus aullidos mantenían a los habitantes del pueblo alejados de la plaza.

—Tenemos que ir donde he dejado a *Tormenta* e irnos de aquí antes de que a la gente se le pase el miedo —le dijo Tom a Elena mientras ayudaba a las dos chicas a bajar de la tarima.

Cruzaron la plaza y fueron junto al caballo. Tom las ayudó a montar mientras *Plata* bajaba de un salto de la tarima y corría por la plaza para reunirse con ellos.

El sonido de unos gritos furiosos se elevó de la gente a medida que volvían a aglomerarse en la plaza.

—¡Alto! —gritó alguien.

—¡Cogedlos! —dijo otra voz con rabia.

—¡No los dejéis escapar!

Tom miró hacia atrás y empezó a guiar a *Tormenta* hacia el lado contrario de donde estaba la muchedumbre. Distinguió a Jent entre ellos. Tenía la cara roja de rabia y se abría paso entre el gentío acercándose.

«Tenemos que irnos de aquí inmediatamente —pensó. En ese momento le hubiera gustado conocer el pueblo—. Si nos atrapan, estaremos acabados.»

CAPÍTULO 7

NOTICIAS DE *NARGA*

—¡Por ahí! —exclamó Odora señalando una calle—. Así llegaremos antes a las afueras del pueblo y nos podremos esconder en el bosque.

Con la velocidad que le daban las perneras de la armadura dorada, Tom guió a *Tormenta* por la calle que había indicado la chica. El caballo galopaba entre hileras de casas medio derruidas y todavía podían oír los gritos y los pasos de la gente que los perseguía. Pero *Tormenta* y él eran más rápidos y los dejaron atrás. El ruido del bullicio se fue apagando al llegar al límite del pueblo.

—¡Qué lástima! —se rió Elena—. Ahora Jent no conseguirá sus monedas de oro.

Una vez que dejaron atrás el pueblo, tomaron un camino que subía por una colina hacia el bosque. Tom envainó la espada mientras guiaba a *Tormenta* por debajo de las ramas de los árboles. Recordó una vez más el bosque maldito que había intentado atraparlos a Elena y a él al llegar a Gorgonia.

Por suerte, aquellos árboles no se movían, y consiguieron adentrarse más en el bosque.

Tom detuvo a *Tormenta* en un claro y ayudó a Elena y a Odora a desmontar.

—¿Por qué no descansáis? —sugirió—. Yo voy a subir a un árbol para ver si nos han seguido.

Las dos chicas se dejaron caer sobre una húmeda alfombra de hojas y *Plata* se tumbó a su lado, jadeando.

Tom usó el poder de sus escarpines y saltó a la copa de un árbol muy alto, desde donde podía ver más allá de la colina, hasta el pueblo.

—No nos sigue nadie —anunció, después miró en la otra dirección. Lo animó ver la brillante línea del Océano Negro en el horizonte. Rápidamente, bajó y se sentó al lado de Elena y Odora.

—Nos hemos alejado demasiado del Océano Negro —informó—, pero si nos ponemos en marcha, podemos llegar allí antes de que anochezca.

—¿El Océano Negro? —exclamó Odora, y miró a Tom con ojos aterrorizados—. Ese sitio está maldito. No debéis acercaros.

—¿Por qué no? —preguntó Elena, sentándose y poniéndose alerta.

—Ahí hay algo espantoso que acecha en el agua. —Odora empezó a temblar—. Esa cosa mató a mi hermano y casi acaba conmigo.

Tom intercambió una mirada con Elena. La chica debía de haber visto a la Fiera a la que tenían que vencer.

Se acercó y le cogió la mano.

—Cuéntanos todos los detalles que sepas —dijo—. Es muy importante. Nosotros tenemos que luchar contra la Fiera que vive en el Océano Negro.

Odora no parecía muy segura, pero después de una pausa, contestó:

—Mi hermano Dako y yo formamos parte de las fuerzas rebeldes que luchan contra Malvel. Navegábamos por la costa con un cargamento de armas de contrabando y casi habíamos llegado a nuestro destino, cuando un monstruo horrible salió del agua.

—¿Cómo era? —preguntó Elena.

—Tenía un cuerpo enorme y seis cabezas. —Odora tragó saliva—. Sacó a Dako del barco y nunca más he vuelto a ver a mi hermano—. Elena le apretó el hombro para consolarla—. Luego hundió el barco —continuó la chica—. A mí me tiró al agua y lo siguiente que sé es que aparecí en la playa. Los hombres de Malvel me encontraron allí, pero yo estaba demasiado débil para huir. Si no me hubieras rescatado, me habrían matado —añadió, dirigiéndose a Tom—. No sé cómo podré agradecértelo.

—Lo estás haciendo contándonos lo que sabes del monstruo —dijo Tom—. ¿Recuerdas algo de él?

—Oí lo que comentaron los hombres de Malvel —contestó Odora—. Dijeron que se llamaba *Narga*.

—¿Dijeron algo de cómo se lo puede vencer? —preguntó Elena.

La chica negó con la cabeza.

—Nadie puede. Es demasiado poderoso. Por favor, ni lo intentéis. Os matará igual que mató a Dako.

—Tenemos que hacerlo —dijo Tom. No tenía tiempo para contarle lo de su Búsqueda, pero necesitaba cualquier ayuda que pudiera conseguir.

Odora respiró hondo.

—Los rebeldes tienen otro barco para emergencias. Podéis usarlo si queréis. Lo mantenemos escondido entre unos helechos, en una cueva que hay al norte de aquí. Buscad un pináculo de roca negro con forma de espada.

—Gracias —dijo Elena.

Odora movió su pelo rojo.

—No me deis las gracias. Os debo más de lo que nunca podré pagaros.

—¿Adónde vas a ir ahora? —le preguntó Elena—. No te podemos dejar aquí y que te vuelvan a coger los hombres de Malvel.

—Estaré bien —le aseguró Odora—. Hay un campamento de rebeldes unos kilómetros al noroeste. Allí estaré a salvo. Y vosotros también —añadió—. Os acogeremos.

—Nos va a resultar muy difícil encontrarte —contestó Tom.

—Tenemos un mapa que nos dio Malvel —explicó Elena—, pero no nos podemos fiar de él.

—Déjame verlo —dijo la chica.

Tom sacó el mapa de la alforja de *Tormenta*.

Odora desenrolló el pegajoso pergamino.

—Aquí —dijo, cogiendo una rama y haciendo una cruz no muy lejos de la costa—. Ahí es donde está nuestro campamento. Lo encontraréis muy fácilmente. —Sonrió a Tom y a Elena con cierta timidez—. Nosotros somos los buenos.

Luego se puso de pie, se despidió de ellos y se adentró en el bosque.

Tom se quedó mirándola hasta que se perdió de vista.

—Espero que la volvamos a ver algún día —murmuró, y ayudó a Elena a levantarse.

—Yo también —asintió ella—. Es muy valiente y merece vivir en un lugar mejor que el reino de Malvel.

La mención del brujo malvado hizo que Tom se enderezara con determinación.

—¿Estás lista para enfrentarte a la nueva Fiera? —preguntó.

Elena se puso en jarras. A pesar de los arañazos y los golpes, los ojos le brillaban con valentía.

—Siempre estoy lista —contestó.

CAPÍTULO 8

EL OCÉANO NEGRO

Tom y Elena se quedaron mirando el Océano Negro. Unas olas oscuras con espuma sucia rompían en la arena negra de la playa. Tom nunca había visto un sitio tan lúgubre.

Tormenta pateaba la arena sin parar, como si le molestara que ésta le tocara los cascos. *Plata* corrió por la orilla, olisqueó el mar y retrocedió.

—¡Ven aquí, chico! —lo llamó Elena.

El lobo salió corriendo de la playa y se acercó a su lado, con el pelaje salpicado de arena negra.

Elena se volvió hacia Tom.

—¿Ves algo?

Él observó con su aguda vista la superficie del mar en calma.

—No veo a *Narga* —dijo— y tampoco hay rastro de *Sepron*. —Sintió cierta ansiedad al preguntarse si sería demasiado tarde para salvar a la buena Fiera de Avantia.

—¿Qué crees que deberíamos hacer? —preguntó su amiga.

Tom recordó su primer encuentro con *Sepron* y la batalla con *Zepha*, el Calamar monstruoso. Lo angustió recordar la sensación de ahogo que tuvo al estar debajo el agua.

—Esta vez quiero que la batalla tenga lugar en la superficie —dijo por fin—. Bucear es demasiado peligroso, sobre todo en estas aguas negras. ¡No podría ver nada!

—Entonces vamos a buscar el barco de los rebeldes —decidió Elena.

—Sí, Odora ha dicho que estaba al norte de aquí —contestó Tom—. Vamos.

Llevando a *Tormenta* de la brida, los dos fueron andando por la playa, manteniéndose a una prudente distancia de las aguas negras. *Plata* corría arriba y abajo, olisqueando los montones de algas y espuma que había dejado el mar y aullando nervioso sin parar.

Después de recorrer un buen trecho hacia el norte, llegaron a una cueva profunda en las rocas.

—Esto parece el lugar que nos ha descrito Odora —dijo Elena, señalando una fina aguja de piedra negra a un lado de la cueva—. El pináculo con forma de espada.

Tom llevó a *Tormenta* a la playa y empezó a trepar por las rocas hacia la entrada.

—Quédate aquí —le dijo Elena a *Plata*— y avísanos si viene alguien.

El lobo gris se sentó en la arena al lado de *Tormenta*, moviendo la cola sobre el suelo y con las orejas levantadas, alerta.

—No va a ser fácil encontrar el barco —dijo Elena al llegar hasta donde estaba Tom—. Odora ha dicho que los rebeldes lo habían escondido entre unos helechos.

Tom observó que muchas de las piedras que había cerca de la cueva estaban cubiertas de helechos muertos de color óxido. Entonces vio unos más abajo, entre las rocas, que parecían estar flotando en la superficie del agua.

—¡Allí! —exclamó.

Bajaron por el promontorio hasta la orilla del mar y llegaron donde estaban los helechos flotantes. Al acercarse, distinguieron el casco de madera de un barco bajo los mismos. Empezaron a quitarlos a puñados y a tirarlos al agua.

—No lo podemos usar —dijo Tom desilusionado al descubrir que el palo mayor estaba tumbado sobre la cubierta—. El mástil está roto.

—No, no está roto —le explicó Elena con una sonrisa irónica—. Es así. Los rebeldes lo han debido sacar para poder esconderlo mejor.

Después de quitar todos los helechos, le mostró a Tom cómo se ponía el mástil en su sitio y, de ese modo, se aseguraban los pernos.

—Suerte que hay alguien en esta Búsqueda que sabe algo de mar —comentó él con una sonrisa.

Ella revisó las velas y también los remos y puso los cabos en su sitio.

—Las velas están un poco gastadas —dijo—, pero creo que funcionarán.

—Eso espero —contestó Tom—. No sabemos lo lejos que tendremos que ir.

Por fin el barco estuvo listo. Tom regresó donde estaban *Tormenta* y *Plata* y con mucho cuidado llevó al caballo entre las rocas, hasta unos árboles que había muy cerca de la cueva. Le quitó la silla y le dio una palmadita de despedida en el cuello.

—No tardaremos —dijo—. Aquí estaréis a salvo.

—Tan a salvo como en cualquier otro lugar —añadió Elena hundiendo las manos en el espeso pelaje del cuello de *Plata* y dándole un abrazo.

Dejaron a sus amigos escondidos y ellos dos se subieron al barco. Elena empujó con el remo para alejarlo de las rocas y dirigirse a mar abierto y Tom tiró de los cabos e izó las velas, que se llenaron de viento. La chica cogió la caña del timón y llevó el barco hacia el Océano Negro.

—¿Por dónde? —preguntó.

—Lo único que sabemos es que *Narga* está al acecho por aquí, en algún lugar —contestó Tom. Usó su vista aguda para otear el agua mientras el barco navegaba entre las olas, dejando la costa atrás. Se sobresaltó al ver algo que salía a la superficie, pero se tranquilizó al darse cuenta de que sólo era un delfín. Sin embargo, cuando el animal volvió a saltar, vio que era muy distinto de los delfines de Avantia. La luz roja del cielo se reflejaba en su piel negra, tenía el hocico más largo que un delfín normal y, cuando abrió la boca, mostró una hilera de dientes negros y afilados.

Tom se estremeció.

—En este lugar, el mar es tan siniestro como la tierra —dijo.

—Desde luego. —Elena señaló el agua—. Mira esa estrella de mar. Tiene pinzas, como los cangrejos.

Tom miró y vio el brillo de unas pinzas negras. En ese momento, decidió ignorar las horribles criaturas marinas y concentrarse en buscar a *Sepron* o al temible *Narga*.

Cuando la costa ya sólo era una línea oscura en el horizonte, vio algo de muchos colores que sobresalía de la superficie de agua negra.

—¡Por ahí! —exclamó, señalando.

Elena movió la caña del timón y el barco se dirigió al nuevo rumbo. Al acercarse, Tom reconoció a *Sepron*.

La noble serpiente marina flotaba inmóvil en las olas. Sus colas se extendían por la superficie, y sus escamas, que en Avantia emitían un brillo claro, ahora estaban apagadas y sin vida.

—¡Creo que está muerta! —comentó Elena.

Tom no contestó. Elena y él cogieron los remos y los hundieron en las olas, para así avanzar más rápidamente.

—¡*Sepron*! —gritó Tom al acercarse a la gran Fiera. Pero la serpiente marina tenía los ojos cerrados y no respondió.

—¡*Sepron*, por favor, despierta! —imploró Elena desesperadamente, pero los párpados de la serpiente no se movieron.

Tom se debatía entre la rabia y también la desesperación. ¿Habrían llegado tan lejos para descubrir que era demasiado tarde? Decidió usar el poder que le habían otorgado al vencer a *Torgor*, el minotauro, el poder de oír los pensamientos de las buenas Fieras de Avantia. Cerró los ojos, se concentró tanto como le fue posible y tocó la joya roja que tenía en el cinturón. Pero no recibió ninguna señal de *Sepron*.

—Tom —dijo, su amiga, Elena—. ¿Crees que…?

Se interrumpió cuando una inmensa sombra oscura se cernió sobre ellos, bloqueando la luz roja del sol poniente de Gorgonia.

Entonces, Tom se dio la vuelta. Seis enormes cabezas sobresalían de la superficie del mar.

—¡*Narga*! —exclamó Elena.

CAPÍTULO 9

LA FURIA DE *NARGA*

—¡Por fin! —exclamó Tom desenvainando la espada—. Protegeré a *Sepron* o le vengaré.

Con la ayuda de sus escarpines dorados, pegó un salto y se impulsó con el pie, dándole una patada al mástil para coger más altura. Después, se agarró a la punta del palo y, con la mano que tenía libre, blandió la espada hacia *Narga*.

Las cabezas de la Fiera esquivaron el fuerte golpe y se echaron hacia delante, abriendo y cerrando las mandíbulas cerca de Tom desde todas las direcciones. Él consiguió evitarlas, pero le pasaban tan cerca que podía ver sus colmillos amarillentos y oler su pútrido aliento.

Volvió a atacar al monstruo, esta vez apuntando a sus cuellos, pero *Narga* era demasiado rápido, y una de las cabezas bajó y cogió a Tom por el brazo, obligándolo a soltarse del mástil y haciéndolo caer sobre la cubierta.

—¡Tom, no! —gritó Elena alarmada.

Pero él hizo una pirueta y aterrizó sin problemas en la cubierta, al lado de su amiga, que sonrió aliviada y levantó su arco y sus flechas, lista para disparar. Tom volvió a enfrentarse a *Narga*, con la espada bien sujeta en su puño. Las seis cabezas rugieron de rabia y, de

pronto, se elevaron hacia el cielo rojo
de Gorgonia. El agua le caía al monstruo por la espalda como si fuera una
cascada. Tenía el cuerpo redondo y cubierto de bultos negros y brillantes y
por su piel resbalaba el barro del fondo

del mar. Elena miraba impresionada, mientras la Fiera por fin dejó de levantarse y apareció entera sobre la superficie. Sus seis cabezas se movían y siseaban. Después, empezó a avanzar por el agua hacia ellos.

—¿Y ahora qué hacemos? —A Elena le temblaban las manos mientras sostenía el arco y la flecha.

—Vamos a hacer lo que siempre hacemos —contestó Tom solemnemente—: ¡Luchar!

Antes de que *Narga* pudiera llegar al barco, él dio otro salto en el aire, esquivó los cuellos entrelazados y saltó al lomo de la Fiera. Blandió la espada y, al clavársela, sintió cómo el filo se le hundía en la carne. Un par de flechas de Elena se le clavaron además en el costado.

El Monstruo marino rugió de furia y empezó a mover el cuerpo adelante y atrás para intentar quitarse a Tom de encima. Éste apretó los dientes y volvió a clavar la espada con todas sus fuerzas. Un espasmo violento sacudió el cuerpo de *Narga* y después se quedó totalmente inmóvil.

—¡Lo has conseguido, Tom! —El viento se llevó la voz de Elena—. Has vencido a la Fiera.

Él volvió a saltar al barco y se dio la vuelta, esperando ver cómo *Narga* se hundía entre las olas, pero para su sorpresa, los cuellos de la Fiera empezaron a moverse de nuevo y las cabezas lanzaron un rugido. No sólo no había vencido al monstruo, sino que ahora parecía más fuerte que nunca.

—¡Todavía está vivo! —gritó Elena buscando una flecha.

Las seis cabezas se cernieron sobre el barco. Tom levantó el escudo y entonces, con el rabillo del ojo, vio un movimiento en las aguas profundas y oscuras.

—¡Es *Sepron*! —exclamó Elena—. ¡Está viva!

Las colas de la serpiente se movían con fuerza, impulsándola hacia el barco. Al acercarse, Tom observó que tenía cortes y heridas por todo su cuerpo escamoso y volvió a sentir una inmensa rabia al imaginar cómo *Narga* le habría causado esas heridas.

La gran Serpiente marina se puso entre el monstruo y el barco y lanzó su inmensa cabeza hacia la diabólica Fiera. *Narga* se tambaleó hacia atrás, aunque pronto se recuperó. Tom se estremeció al ver que sus seis cabezas se disponían a atacar a la noble Fiera de Avantia.

Las fauces abiertas se movían alrededor del cuerpo herido de *Sepron*, mordiéndola. La Serpiente marina soltó un grito de rabia y de dolor.

—¡Oh, *Sepron*! —dijo Elena con desesperación.

Durante un momento, Tom se sintió indefenso. ¿Era así como iba a terminar su Búsqueda?

CAPÍTULO 10

EL REMOLINO

—¡No estoy dispuesto a dejar morir a *Sepron*! —dijo Tom apretando los puños.

—Entonces necesitamos un nuevo plan, y rápido —contestó Elena.

Él miró a su alrededor. A unos pasos de donde estaban, vio una cuerda. De pronto, recordó cómo su amiga había disparado las dos cuerdas por encima de las arenas movedizas.

Dio un salto y cogió la cuerda.

—Átala a una flecha —le dijo a Elena, pasándosela—. Necesito que la dispares.

Ella lo miró confundida, pero no titubeó. Cogió un extremo de la cuerda y lo ató fuertemente a una flecha.

—Dispara cuando te dé la señal —le dijo Tom—. Apunta más allá de *Narga*.

Todavía más confundida, Elena colocó la flecha en el arco y Tom se preparó para el salto de su vida.

Sepron flotaba sin fuerzas en la superficie del agua, aunque el débil movimiento de sus colas indicaba que todavía estaba viva. Las seis cabezas de *Narga* lanzaron un rugido de victoria mientras se echaban hacia atrás para atestarle otro mordisco.

—¡Ahora! —gritó Tom.

Cuando Elena disparó su flecha, él saltó en el aire detrás de ella. La cogió y, describiendo un amplio arco, la llevó alrededor de los cuellos de *Narga*. Aterrizó brevemente en el lomo de la Fiera y luego volvió a saltar, usando el poder de los escarpines dorados, para aterrizar en la cubierta, junto a su amiga. Los seis cuellos de la Fiera estaban atrapados en un lazo.

Elena lo miraba con admiración.

—¡Tom, lo que has hecho ha sido alucinante! —exclamó.

Con la fuerza que le daba el peto dorado, Tom cogió el otro extremo de la cuerda y tiró con fuerza. Las cabezas de *Narga* se movían adelante y atrás, siseando de rabia, pero la Fiera no podía escapar.

—Toma. —Le dio a Elena los dos extremos de la cuerda—. ¡Sujétalos!

Ella se agarró al mástil, con los pies separados para mantener el equilibrio, mientras el rabioso *Narga* intentaba soltarse.

Entonces, Tom sacó la espada y la blandió en círculos por encima de su cabeza. Acto seguido la soltó y el arma salió disparada hacia *Narga*, segando las seis cabezas de la Fiera y volviendo después a la mano de él. Las cabezas cayeron al Océano Negro como piedras y se hundieron. El cuerpo del monstruo se fundió como la mantequilla en un día caluroso, hasta que por fin se disolvió del todo en el agua y desapareció.

Elena soltó la cuerda y emitió un suspiro largo y tembloroso.

—¡Lo has conseguido! —respiró.

—Lo hemos conseguido —la corrigió Tom.

En el lugar donde había desaparecido el cuerpo de *Narga* empezaron a salir unas burbujas y el agua empezó a dar vueltas cada vez más rápido hasta formar un remolino. El barco llegó hasta el borde del mismo, pero no se acercó

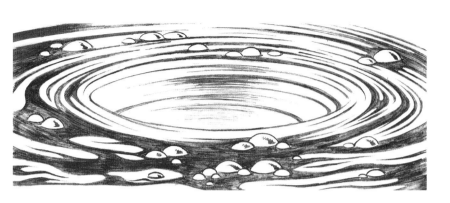

más. Mirando hacia abajo, a las profundidades del torbellino, pudieron ver una agua verde iluminada por el sol, con una playa de arena y unas colinas apacibles en la distancia.

—Es Avantia —susurró Tom—. Un pasadizo para volver.

Se volvió para mirar a *Sepron*, que flotaba sobre las olas un poco más allá de donde estaban. La Serpiente marina estaba agotada por la lucha y Tom sintió una oleada de orgullo por lo bien que la Fiera había combatido.

Tocó la joya roja de su cinturón y le mandó a *Sepron* un mensaje a través de telepatía:

«Ven a ver esto. Es una vía para volver a casa».

La buena Fiera nadó lentamente hacia el borde del remolino. Levantó la cabeza y miró directamente a sus dos salvadores. Tom sonrió feliz al saber que la Serpiente marina les estaba dando las gracias.

—*Sepron* está feliz, nos da las gracias, Elena —dijo.

—De nada, *Sepron* —contestó ella mientras la serpiente miraba hacia el remolino y se adentraba en sus profundidades.

Tom también miró y vio que las escamas de colores de la Fiera volvían a cobrar vida al llegar a las aguas iluminadas por el sol de Avantia. Nadaba entre las olas, con todas sus fuerzas totalmente recuperadas. Entonces, la luz del sol empezó a desvanecerse y el remolino dejó de girar, hasta que el barco volvió a mecerse tranquilamente en las olas del Océano Negro.

—Ojalá pudiéramos volver con ella —dijo Tom quedamente—. Pero tenemos una Búsqueda que terminar.

—Sí, es cierto —replicó Elena con determinación. Se fue hasta la popa del barco y cogió la caña del timón—. Volvamos a la costa.

Tom tiró del cabo para izar la vela y, al hacerlo, vio uno de los dientes amarillos de *Narga* flotando en la superficie del mar, muy cerca del barco. Tenía una joya amarilla incrustada.

Se estiró para coger el diente flotante y, con la punta de la espada, sacó la joya amarilla. Se la puso en una de las hendiduras de su cinturón.

—¿Qué poder tiene? —preguntó Elena impaciente.

—Todavía no lo sé —contestó él—. No me siento distinto. Quizá es porque

no puedo dejar de pensar en la lucha
con *Narga*.

De pronto, le vinieron a la mente las
imágenes del combate. Recordó cómo se
había subido al mástil mientras las cabezas de *Narga* intentaban morderlo. Recordó su salto hasta el lomo de la Fiera
y lo mal que olía. Le pareció que todavía
podía sentir el viento en el pelo cuando
saltó detrás de la flecha de Elena.

—¡Oye! —exclamó—. Me acuerdo de hasta el último detalle de la batalla. Es increíble. Creo que la joya amarilla me da una memoria increíble.

Elena se rió contenta.

—Eso nos será de gran ayuda. Ahora no tendremos que depender del engañoso mapa de Malvel, ¡tendremos tu memoria!

Sonriendo, Tom tiró de la escota y el viento llenó las velas, llevando al barco de vuelta a la costa de Gorgonia. Sin embargo, cuando apenas habían recorrido un corto trecho, delante de ellos apareció un brillo azul que les resultaba familiar y que atravesaba las olas flotando hacia el barco.

—¡Creo que es el brujo Aduro! —exclamó Elena.

En cuanto terminó de decir esas palabras, apareció el buen brujo.

Aduro estaba sonriendo.

—¡Buen trabajo! —dijo—. Tom, eres el héroe que siempre pensé que serías. Y tú también, Elena.

Tom sintió un cosquilleo de orgullo.

—Sólo hemos hecho lo que teníamos que hacer. No podíamos dejar que *Sepron* sufriera.

—¿Y, ahora, cuál será la siguiente Fiera? —preguntó Elena.

La sonrisa del buen brujo Aduro desapareció.

—Sé que tenéis mucho valor y destreza —contestó— y los necesitaréis para enfrentaros a lo que está por venir. Debéis tener mucho cuidado. Estáis a punto de conocer a *Kaymon*, y es una Fiera más diabólica de lo que podáis imaginar.

Tom intercambio una mirada de determinación con Elena.

—¿Aduro, nos puedes decir algo de ella? —preguntó.

Pero la imagen del brujo Aduro ya se estaba empezando a desvanecer. Abrió la boca como si estuviera diciendo algo, sin embargo no conseguían oír sus palabras.

—¡Espera! —gritó Tom con urgencia, pero la luz azul había desaparecido. Ya no podían ver nada salvo las olas negras que se acercaban rápidamente a la costa.

—Ojalá el brujo Aduro se hubiera podido quedar un poco más —dijo Elena—. Siempre me recuerda a nuestro hogar.

—Lo sé. —Tom estaba cansado y magullado, pero nada podría destruir su determinación de salvar a las buenas Fieras de Avantia—. Recuerda que estamos en esta Búsqueda para que nuestro hogar esté a salvo. Nos enfrentaremos a *Kaymon* y a cualquier fuerza malvada que posea.

—Y le venceremos —asintió Elena—. Ya hemos vencido a tres Fieras.

—¡Lo que quiere decir que sólo nos quedan otras tres! —contestó Tom—. Hemos completado la mitad de nuestra Búsqueda y mientras corra sangre por mis venas, ¡venceremos!

Acompaña a Tom en su nueva
aventura de *Buscafieras*

Enfréntate a

Kaymon,
EL PERRO GORGONA

¿Podrán Tom y Elena liberar a las
Fieras buenas del Reino Oscuro?

PRÓLOGO

Estaba oscuro, y el rebelde herido cojeaba hacia el castillo del páramo. Con una lima de contrabando había conseguido cortar sus esposas, pero el borde mellado se le había resbalado y le había cortado también la piel. El dolor en el tobillo era casi insoportable, pero sabía que tenía que alejarse como fuera de aquel lugar.

Pensó en sus compañeros que seguían sufriendo en los calabozos del castillo. Muchos habían planeado escapar con él, aunque, al parecer, era el único que había conseguido pasar el puente levadizo. Se tiró en un arbusto de retama, intentando recuperar la respiración.

—Tengo que descansar —murmuró para sus adentros.

Al cabo de un rato, salió gateando y levantó la cabeza con cautela. Una niebla gris y espesa se estaba levantando en el páramo como si fuera una marea fantasmal que cubría las llanuras y los valles. La niebla lo ayudaría a esconderse de los soldados, pero también le dificultaría ver las señales de luces que le iban a hacer sus amigos los rebeldes.

Se levantó, mirando a ciegas en la niebla. ¿Dónde estaban las luces? ¡Un momento! Entrecerró los ojos y escudriñó en la distancia. Casi se le paró el corazón al ver dos puntos de luz amarillos, camuflados entre la bruma. ¡Era la señal!

Salió tambaleándose con su pie herido. El rescate estaba cerca. Las luces se iban haciendo más grandes, como si los que llevaban las linternas se estuvieran acercando. Dos hombres, pensó, uno al lado del otro.

—¡Libre de la muerte! —gritó. Era la contraseña acordada.

Se detuvo esperando la respuesta, pero lo único que oyó fue un débil gemido que resonó entre la niebla.

Tembló, frunció el cejo y volvió a repetir la contraseña.

Las dos luces parecían moverse rápidamente hacia él, pero aunque subían y bajaban de una manera extraña, daba la sensación de que siempre estuvieran a la misma distancia. Se oyó un segundo gemido, esta vez acompañado de otro ruido: el sonido inconfundible de unos dientes enormes al cerrarse.

De pronto, algo inmenso salió de la niebla y se acercó a él. El hombre soltó un grito y levantó las manos para protegerse. Entre los dedos, consiguió apreciar los colmillos babeantes y los ojos amarillos de rabia de un perro gigantesco. ¡Las luces que había visto eran los ojos brillantes de la Fiera!

Un momento más tarde, la criatura se abalanzó sobre él, tirándolo de espaldas y clavándole las garras salvajes en la cara y el pecho…

CAPÍTULO 1

FLORES LETALES

Tom y Elena se encontraban en la proa del barco con rumbo a la costa del Océano Negro. Habían vencido a *Narga*, el monstruo, y habían liberado a otra de las buenas Fieras de Avantia, *Sepron*, la Serpiente marina. Los dos saltaron a la costa, deseando reunirse con sus amigos los animales. *Plata*, el lobo, lanzó un aullido de alegría y *Tormenta*, el caballo negro de Tom, se elevó sobre sus patas traseras, relinchando triunfante.

Tom y Elena ya sabían que los esperaba otra misión. El brujo Aduro, su amigo y mentor, se les había aparecido brevemente entre las olas del mar y les había advertido que pronto se enfrentarían a una nueva Fiera malvada: *Kaymon*. Pero no les había dado más detalles.

Tom tocó la joya amarilla del diente de *Narga* que había ganado en su última lucha con el Monstruo marino. Se la había puesto en su cinturón mágico, al lado de la joya roja, que le daba el poder de entender a las Fieras buenas, y de la joya verde, que le daba el poder de sanar huesos rotos. La nueva joya le proporcionaba una gran memoria. Cuando la tocaba, recordaba todas las batallas que había ganado durante su misión de proteger Avantia de Malvel, el Brujo Oscuro.

—¡Tom, mira! —dijo Elena.

Él se dio la vuelta y vio que su amiga estaba estudiando el mapa grasiento y apestoso de Gorgonia que les había dado Malvel. Elena señalaba un dibujo pequeño de *Nanook*, el Monstruo de las nieves, que había aparecido en el mapa.

Tom notó que su escudo temblaba. La campana del Monstruo de las nieves que tenía incrustada en él junto con los amuletos de las otras cinco Fieras buenas estaba vibrando.

Miró el mapa y el pequeño dibujo de *Nanook*.

—No te preocupes, amigo —dijo—. ¡Te salvaremos!

—Al parecer, lo tienen prisionero en algún lugar al sur de Gorgonia —dijo Elena—. Pero ¿qué tipo de Fiera es capaz de atrapar a *Nanook*? Es el más fuerte de todos.

—Aduro ha dicho que *Kaymon* es mucho más peligroso de lo que podamos imaginar —le recordó Tom.

—Pero ¿qué habrá querido decir con eso? —se preguntó Elena.

—Creo que ya va siendo hora de descubrirlo —contestó él. Le ardía el corazón sólo de pensar que *Nanook* estaba prisionero—. Vamos, *Tormenta*, tenemos trabajo que hacer.

Se subió a la silla y estiró el brazo para ayudar a Elena a montar detrás de él.

—¡Hacia el sur! —gritó Tom—. ¡Vamos a rescatar a *Nanook*!

El noble caballo salió al galope bajo el hirviente cielo rojo de Gorgonia, con *Plata* a su lado. Tom tembló al mirar hacia las nubes rojas que giraban y se movían sobre sus cabezas. Nunca conseguiría acostumbrarse a aquel lugar tan siniestro.

—Intenta esquivar las arenas movedizas en las que nos hemos metido antes —dijo Elena.

Tom asintió.

—Lo recuerdo perfectamente —contestó—. De hecho, gracias a la joya de *Narga*, puedo recordar todas las colinas y valles de esta parte de Gorgonia.

—Eso está muy bien —dijo Elena—. Sobre todo porque no podemos fiarnos del mapa de Malvel. ¿Te acuerdas del lío en el que nos metió la última vez?

Muy pronto, dejaron atrás el Océano Negro. El sol estaba bajo en el horizonte cuando llegaron a un lúgubre paisaje de montañas cortadas a pico.

—¿Has notado que ahora hace mucho más calor? —preguntó Tom, enjugándose el sudor de la frente—. Si realmente *Nanook* está prisionero, lo debe de estar pasando muy mal—. El Monstruo de las nieves normalmente vivía en los campos helados del norte de Avantia y su espeso pelaje blanco lo protegía de los fríos vientos invernales.

Al alcanzar la cima de la primera montaña, se encontraron ante un ancho valle lleno de campanillas gigantes.

—¡Oh, qué bonito! —exclamó Elena—. Nunca habría imaginado que fuera a encontrar unas flores tan preciosas en un lugar como éste. —De repente frunció el cejo—. Pero ¿qué es eso que hay ahí en medio? No soy capaz de distinguirlo.

Tom miró hacia el valle. Aunque había devuelto la armadura dorada a Avantia, seguía poseyendo sus poderes mágicos y el yelmo le permitía tener una vista muy aguda.

—¡Es *Nanook*! —dijo—. ¡La pobre Fiera está atada a una roca!

Nanook estaba encadenado a una enorme masa de ámbar, pero seguía teniendo un aspecto majestuoso, y su espeso pelaje blanco brillaba bajo las nubes rojas. Forcejeaba y tiraba de las cadenas, claramente angustiado.

—¡Qué crueldad! —gritó Elena—. ¿Cómo puede nadie ser capaz de causar tanto daño? —Saltó de la silla y echó a correr colina abajo. *Plata* trotaba a su lado, en medio del mar de flores azules.

—¡Ten cuidado! —le advirtió Tom, poniendo a *Tormenta* al galope para seguirlos. Las flores gigantes se habían vuelto hacia ella, como si supieran que se estaba acercando, y eso le dio muy mala espina—. ¡Espera! —gritó, mientras *Plata* y Elena se metían entre las flores, cuyos tallos le llegaban a ésta a la cintura.

Un momento más tarde Elena se paró y empezó a dar manotazos a las flores.

—¡Tom! ¡Ayuda! —gritó.

A su lado, *Plata* corría de un lado a otro, aullando y gruñendo como si lo estuviera atacando un amigo invisible.

Tom sabía lo que estaba pasando. Los estambres de color rojo oscuro de las flores se les clavaban como si fueran dagas, pinchándolos con sus puntas afiladas como agujas.

—¡Ay! —gritó Elena—. Tom, duele mucho.

Él tiró de las riendas para que *Tormenta* se detuviera y se bajó de un salto. Sólo podía hacer una cosa: cogió el escudo, desenvainó la espada y empezó a cortar las peligrosas flores, abriendo un camino para que pudieran salir sus amigos.

Las flores lo picaban mientras avanzaba cortando los tallos que encontraba por el camino. Con la velocidad que le daban las perneras de la armadura dorada, rápidamente consiguió llegar hasta Elena y el lobo.

—¡Vamos! —dijo, alarmado al ver que las campanillas se arremolinaban y volvían a llenar el espacio que él acababa de segar.

Elena y *Plata* corrieron hasta Tom, con las campanillas retorciéndose a su alrededor y atacándolos como si fueran serpientes. Por fin consiguieron salir del campo y se tiraron a la tierra desnuda, donde estaban a salvo.

Tom observó las campanillas. *Nanook* seguía en medio de las flores, mirándolo desesperado. Levantó los brazos y sacudió las cadenas con mucha rabia.

—Esas campanillas malditas lo tienen totalmente rodeado —dijo Tom a Elena—. ¿Cómo vamos a llegar hasta él?

Entonces, un aullido bajo y lúgubre resonó en el valle.

Tom y Elena intercambiaron una mirada.

—¿Qué ha sido eso? —preguntó ella.

Tom cogió la espada con fuerza.

—¡*Kaymon*! —contestó.

Sigue esta aventura en
***KAYMON*, EL PERRO GORGONA.**

¡Consigue la camiseta exclusiva de BUSCAFIERAS!

Sólo tienes que rellenar **4 formularios** como los que encontrarás al pie de esta página, de **4 títulos distintos** de la colección Buscafieras. Envíanoslos a EDITORIAL PLANETA, S. A., Área Infantil y Juvenil, Departamento de Marketing (BUSCAFIERAS), Avda. Diagonal, 662-664, 6.ª planta, 08034 Barcelona.

Promoción válida para las 1.000 primeras cartas recibidas.

Nombre del niño/niña: ....

Dirección: ....

Población: .... Código postal: ....

Teléfono: .... E-mail: ....

Nombre del padre/madre/tutor: ....

[ ] Autorizo a mi hijo/hija a participar en esta promoción.

[ ] Autorizo a Editorial Planeta, S. A. a enviar información sobre sus libros y/o promociones.

Firma del padre/madre/tutor:

BUSCAFIERAS
Nº 1
PRUEBA DE COMPRA